Émilie Rivard

MISSION:
Fée des dents

Illustrations de Julie Deschênes

Auteure : **Émilie Rivard**
Illustratrice : **Julie Deschênes**
Graphisme : **Espace blanc design & communication**
www.espaceblanc.com

Dépôt légal - Bibliothèque nationale du Québec,
1er trimestre 2006

Dépôt légal - Bibliothèque et archives Canada,
1er trimestre 2006

ISBN 2-89595-179-9
Imprimé au Canada

Gouvernement du Québec - Programme de crédit d'impôt pour l'édition de livres - Gestion SODEC

Boomerang éditeur jeunesse remercie la SODEC pour l'aide accordée à son programme éditorial.

www.boomerangjeunesse.com
info@boomerangjeunesse.com

1

La voilà, la maison de Bénédicte. Sa chambre est au deuxième étage, la mission sera plutôt difficile. Je grimpe dans un grand chêne qui frôle la demeure. **CRAC !** une branche trop petite pour me supporter casse. Je devrais peut-être manger moins de **crème glacée**... Une lumière s'allume chez le voisin.

3

aaaaa

Je me cache dans l'ombre en attendant qu'elle s'éteigne. Mon **cœur bat très, très vite.** Ce n'est pas le temps de me faire repérer ! Je continue à grimper *le plus rapidement possible*. La nuit s'achève, je ne dois plus tarder...

Une fois au **SOMMET** de l'arbre, je m'étire et saute jusqu'à la fenêtre la plus proche, mais

aaaaaaah!

mon pied *glisse*, et je me retrouve suspendue à un volet par le bout des doigts. Ce que je suis maladroite! Allez, Daphné, remonte. **Ouf!** me voilà en sécurité. Enfin pour l'instant. Je sors les outils de mon sac à dos. Un petit coup à droite, puis à gauche, et la fenêtre s'ouvre. Pour une fois, je ne l'ai pas cassée. Je m'infiltre ensuite dans la chambre... Mais ce n'est pas la chambre de Bénédicte, à moins qu'elle ne dorme dans un lavabo! Je suis dans la salle de bain! Malgré tout, je trouve la pièce que je cherche sans trop de mal. Je m'approche du lit de Bénédicte sur la pointe des pieds. La dent de la petite, fraîchement tombée, est là, toute blanche, dans ma paume. Comme toujours, je laisse des sous et sors sans tarder.

Demain matin, Bénédicte se réveillera, certaine que la fée des dents lui a apporté de l'argent. Une fée, une fée... On ne peut pas dire que je sois une fée. Les fées sont habiles et elles ont toutes un don. Le seul don que j'ai, c'est d'être **mAlaDroite** comme pas une. Il y a plusieurs années, l'*Association secrète des agents de la nuit,* qu'on appelle l'**ASAN**, m'a quand même engagée. À cet endroit, nous travaillons pour que les gens puissent toujours croire aux mythes, comme les **SORCIÈRES** ou les **OGRES**. Nous sommes un peu comme des agents secrets. Une espionne **gaffeuse**, est-ce que c'est vraiment possible ?

ASAN
Association secrète des agents de la nuit

Daphné Desdents
Agent-Fée des dents

2

J'arrive à l'entrée des bureaux de l' **ASAN**. Je compose d'abord mon code secret sur le clavier caché sous le pot de fleurs : **4279**? **5062**? **Oh non !** je l'ai encore oublié ! **Euh...** **5537**? **Oui !** Je pose ensuite mon index sur une plaque de métal, je tourne trois fois sur

9

moi-même, me penche, et
chuchote le mot de passe :

« La grosse grenouille grippée
grimpe en grimaçant. » La
porte du quartier
général s'ouvre
enfin.

C'est l'heure de pointe à l'**ASAN**.

Tous les agents entrent et sortent après leur longue nuit de travail. Je fonce dans un AGENT-SORCIER qui rapporte son balai, puis je marche sur le pied d'un AGENT-VAMPIRE qui crache ses fausses canines.

Pour ma part, je traverse le couloir, un peu **nerveuse**. J'entre ensuite dans le bureau de Momo Laire, mon patron. J'ai cassé une des dents que je lui apporte et j'espère bien qu'il ne s'en apercevra pas.

— **Alors, Daphné, la cueillette a été bonne cette nuit?** me demande-t-il de sa voix **grave**.

— **J'ai ramassé quatre dents**.

— **Tu as été repérée?**

— **Je ne crois pas, mais j'ai un peu peur qu'Alexandre, mon premier client, se soit réveillé.**

— **As-tu fait comme d'habitude?**

— **Oui, je lui ai dit : « Rendors-toi, mon ange. » Mais quand j'ai voulu** donner un coup de fausse baguette magique dans les airs, je suis tombée la tête la première au pied de son lit.

Momo Laire me lance un regard **mécontent**, mais il ne dit rien de plus. Je lui tends les dents d'Alexandre, de Marie-Pier, de Julien et de Bénédicte. J'embarque ensuite dans ma vieille voiture. Je l'ai nommée **Sourire**. Elle me permet de me rendre jusque chez moi. Une fois à destination, je vois le soleil se lever. Il est tard, je dois vite me coucher!

3

Après une bonne journée de sommeil, je *retourne au travail*. J'ai toujours hâte de voir qui seront mes prochains clients. Momo me tend les adresses des dents à aller chercher cette nuit. Il n'y en a que deux : l'incisive de Clara et la canine de Samuel. Ce devrait être un boulot vite fait. Enfin, j'espère.

Chez Clara, je règle l'affaire en deux temps, trois mouvements... ou quatre. Sa fenêtre était entrouverte, et la jolie princesse ne s'est même pas réveillée quand j'ai plongé le bras sous son oreiller. J'ai déposé l'argent et je me suis précipitée à la demeure de Samuel.

Cet enfant habite une maison toute blanche sur la rue principale. Je monte d'abord sur le balcon en grimpant par la gouttière. ZWiiiiiiiiiiiiiiiiiiiiiP ! je glisse en bas plusieurs fois, mais je tiens bon. J'entre par la porte vitrée. Oups ! j'ai laissé des traces de doigts. Je les efface proprement. Personne ne doit savoir que je suis passée par ici. Je me retrouve dans le salon. Un drôle de grognement provient du sofa juste à côté de moi. Un sofa qui grogne ? Et quoi encore, une lampe qui miaule ? Tout à coup, **UN CHIEN ÉNORME APPARAÎT**. Ses babines sont relevées, et je peux voir ses crocs pointus.

Grrrrrrrrrrrrrr...

Il semble avoir une dent contre moi ! Heureusement, j'apporte toujours quelques biscuits pour toutous avec moi depuis le jour où une bête **IMMENSE** m'a mordu le derrière. Je lui lance la nourriture, et il se calme.

Je trouve *rapidement* la chambre de Samuel. Il a eu la bonne idée d'écrire son nom sur la porte. Je m'approche de son lit. Je ne suis qu'à quelques pas, lorsqu'il se met à remuer. **JE FIGE SUR PLACE.** Il murmure : « Maman ? »

Est-ce qu'il rêve ? Je pourrais faire très, très vite, mais ce serait risqué. J'hésite encore, quand le chien de la maison se faufile dans la pièce. Misère ! Il saute sur le lit de son maître. **BOUM !**

Sa grande langue gluante lèche le visage de Samuel. **Oh, oh !** du calme, Daphné, du calme. Tu n'en es pas à ta première dent, après tout ! Je cesse de respirer tellement je suis **nerveuse**. Le monstre poilu vient vers moi. **Je suis cuite !**

4

Le chien me renifle des orteils à la taille. Il veut de nouveau se mettre quelque chose sous la dent. Un beau biscuit pour toi, mon toutou! Je me tourne vers Samuel. Il ronfle doucement. Il s'est ren-dormi! Je m'approche, mais juste

avant

d'atteindre le lit,

je *glisse* sur une petite

voiture et tombe sur le dos.

Aïe ! ouille !

Je me relève en me frottant la tête.

Je tâte ensuite sous l'oreiller pour

récupérer ce que je cherche. La canine de Samuel est dans ma main, mais un détail me semble étrange. J'ai le sentiment que cette dent n'est pas vraie. Elle est un tout petit peu trop **GROSSE**, et sa forme me paraît biZarre. Une fausse canine ? En dix ans de carrière, je n'ai jamais vu une chose pareille. La situation est urgente. Je dois découvrir la vérité avant le matin. Il me reste donc... deux heures !

Je prends d'abord la direction du laboratoire situé à mon quartier général. J'espère bien qu'Anna Lyse, la scientifique, pourra me dire rapidement si je peux remettre les sous au gamin. Quand je lui raconte toute l'histoire, Anna me regarde derrière ses épaisses lunettes et me répond:

— Pour être vraiment certaine qu'il soit véritable, je devrai plonger cet objet dans un mélange acide durant au moins douze heures.

— **DOUZE?** Mais Anna, j'ai moins de **DEUX** heures devant moi!

— Je ne peux pas t'offrir mieux. Va voir un dentiste.

Je quitte le laboratoire et je me rends à mon bureau. Sous une carte de la ville, je trouve un bottin. DÉCHETS... non.
DÉMÉNAGEMENT... non.
DENTISTE... **oui!**
J'en appelle un, puis un autre et un autre. Évidemment, ils sont tous fermés au beau milieu de la nuit. **Zut de zut!** le temps file, et je suis sur les dents. C'est alors que j'aperçois l'annonce du docteur Oscar Rier:

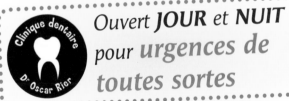

Ouvert JOUR et NUIT pour urgences de toutes sortes

Clinique dentaire Dr Oscar Rier

La clinique du docteur Rier est à l'autre bout de la ville. J'embarque dans ma **voiture** et roule aussi vite qu'un escargot champion du 100 mètres. Bon, c'est plutôt lent, je l'avoue, mais je ne peux pas en demander plus à ma vieille

Sourire. Je m'arrête à un feu rouge, qui devient bientôt vert. J'appuie sur l'accélérateur, mais mon tacot refuse. d'avancer. Allez, **Sourire**, tu peux y arriver ! Elle se traîne quelques mètres, toussote, puis abandonne. Elle ne veut plus repartir. J'ai beau lui parler doucement, la cajoler, lui promettre des millions de litres d'essence, elle fait comme si elle ne m'entendait pas. Et les aiguilles tournent toujours sur ma montre...

Je laisse ma voiture sur le bord de la route et décide de marcher jusque chez le dentiste. Deux coins de rue plus tard, je mets la

main dans ma poche. **Oh! oh!**...
elle est **VIDE!** La dent n'y est
plus. L'aurais-je oubliée dans
l'auto? Je dois y retourner le plus
vite possible. Si au moins j'avais
les ailes d'une fée...

J'ouvre la portière de **Sourire** avec
tant de force que je me cogne le
nez contre la fenêtre.

Ouillouillouille!

Je regarde sur le siège du passager, **pas de dent**. Par terre, **pas de dent**. Dans le coffre à gants, **pas de dent**. Dans ma bouche, **plusieurs dents**, mais pas celle que je cherche. Je ne serai jamais chez Samuel avant le matin ! Je voudrais tout laisser tomber et devenir FÉE DES GLACES. Ou la FÉE CARABOSSE. Ou une FÉE MARRAINE, comme celle de Cendrillon. « **Daphné ! Ce n'est pas le moment de te plaindre !** » me dit une petite voix dans ma tête. Je tourne la clé de la voiture, juste au cas où elle démarrerait. **Ça fonctionne !** Et il y a encore mieux. Les phares de **Sourire** illuminent un petit objet luisant à quelques pas de moi : **la dent !**

6

Quinze minutes plus tard, je me trouve devant la clinique d'Oscar Rier. J'entre, bien heureuse que la porte soit déverrouillée. C'est tellement plus agréable que de passer par la fenêtre! À l'intérieur, un homme aux **cheveux noirs et très frisés** dort sur un comptoir. Je me racle la gorge pour le réveiller en douceur. Il ne remue même pas un sourcil. Je chuchote alors :

— **Docteur Rier ?**

Tant pis, je vais crier.

— **Dooooocteur Riiiiiiiiiiiiiiier !**

Rien à faire. J'aperçois un énorme réveil près de moi. Je le saisis, l'échappe sur le sol. **BADING !** Je règle ensuite l'alarme.

DRiiiiiiiiNG !

La tête de l'homme se relève d'un coup.

— **PAPA ?** Non, je veux dire... Je peux vous aider, monsieur ? Ou plutôt madame...

— Oui, je voudrais savoir si cette canine est bel et bien vraie.

Il attrape l'objet et le retourne dans tous les sens. Il se lève, se rend à un microscope, puis

observe la dent un moment. Il la reprend finalement et la met... **dans son oreille !** Il la retire et me dit :

— Oui, ma petite madame, c'est une dent. Mais ce n'est pas une canine.

— **C'est bien la dent de Samuel, alors ?**

— La dent d'un petit garçon ? Ça alors, c'est impossible ! Elle appartient à un **chien**. Ou à un **hippopotame**. Ou à un **REQUIN**. Ou peut-être à un **dragon cracheur de feu**. Ou pourquoi pas à...

Je laisse le docteur Rier poursuivre sa liste d'animaux de plus en plus **biZarres**, et je sors de la clinique en *quatrième vitesse*.

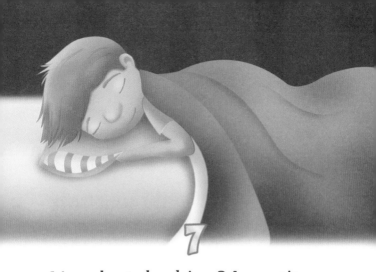

Une dent de chien? Le petit garnement! Je saute dans **Sourire** et file chez Samuel. Une fausse canine, c'est **TRÈS GRAVE**. Il risque **la prison** ou au moins une **GROSSE PUNITION**. Lorsque je grimpe sur le balcon, les premiers rayons du soleil me chatouillent le dos. Heureusement, dans sa chambre, Samuel dort encore. Je m'approche. Il ouvre un œil, puis l'autre, et dit :

— **Ah! ah!** je savais que vous reviendriez! C'est vous, la fée des dents? Qu'est-ce que vous avez fait de ma dent? Et où est mon argent?

Ça ne va pas bien du tout! Me voilà repérée. Je suis fichue! D'un autre côté, ce garçon n'est pas un ange non plus, malgré sa tête blonde! Je lui réponds:

— **TA DENT?** La dent de ton chien, tu veux dire!

— Oups... Je croyais que... je croyais que ça fonctionnerait... Mais je ne le ferai plus, c'est promis...

— Faisons un marché. Je ne dis rien pour ta fausse canine, et tu ne dis à personne que tu m'as vue ce soir. C'est d'accord?

— C'est d'accord.

Je lui rends la dent de son toutou et me prépare à repartir, alors qu'une question saute dans ma cervelle.

— **Dis-moi, Samuel, où as-tu trouvé cette idée ?**

— J'ai plusieurs amis qui l'ont fait, et ça a toujours très bien fonctionné !

Je repense alors aux dents de Charles-Antoine, de Léonie, de Rémi, de Gabrielle... La liste des dents trop LONGUES ou trop molles s'allonge dans ma tête. C'est la fin de ma carrière. De toute façon, j'en avais assez de cette VIE EN DENTS DE SCIE.

Je quitte mon poste. Étrangement, cette décision me rend joyeuse.

J'imagine tout ce que je pourrais devenir : lapine de Pâques, naine de jardin ou même BONNEFEMME SEPT HEURES !

Une nouvelle
vie s'offre à
moi, et, au fond,
c'est très bien ainsi.

Glossaire

Accélérateur : mécanisme qui permet d'augmenter la vitesse.

Acide : produit chimique qui ronge certaines matières.

Cajoler : câliner, dorloter.

Canines : nos dents les plus pointues.

Crocs : dents pointues de certains animaux.

Entrouverte : ouverte un peu.

Se faufiler : se glisser sans se faire remarquer.

Gouttière : tuyau qui recueille l'eau de pluie.

Incisives : nos dents de devant, souvent appelées « les palettes ».

S'infiltrer : entrer lentement.

Mythe : légende, récit qui met en scène des personnages imaginaires.

Phares : lumières à l'avant d'un véhicule.

Se précipiter : courir.

Tacot : vieille voiture.

Toussoter : tousser sans faire beaucoup de bruit.

La langue fourchue

Daphné utilise plusieurs expressions de la langue française qui contiennent le mot dent. Sais-tu ce qu'elles signifient?

Sur une feuille blanche, écris ta réponse à chaque question et viens la comparer avec le solutionnaire en page 47.

1. Avoir une dent contre quelqu'un:
a. Être en colère contre quelqu'un
b. Dans un jeu ou une bataille, avoir un point de plus que l'adversaire
c. Avoir de longues dents

2. Vouloir se mettre quelque chose sous la dent:
a. Vouloir mordre quelqu'un
b. Se servir de ses dents pour tenir quelque chose
c. Vouloir manger quelque chose

3. Être sur les dents:
a. Avoir hâte
b. Être sur ses gardes, être prudent
c. Être sage et obéissant

4. En dents de scie:
a. Qui peut couper
b. Qui est pointu
c. Qui passe par des hauts et des bas, par des bons et des mauvais moments, par exemple

M'as-tu bien lu ?

Voici un quiz qui te permettra de voir si tu as bien lu *Mission: Fée des dents*.

Sur une feuille blanche, écris ta réponse à chaque question et viens la comparer avec le solutionnaire en page 47.

1. Comment se nomme l'association où travaille Daphné?
   a. l'Association Mystérieuse des Dents Tombées (AMDT)
   b. l'Association Secrète des Agents de la Nuit (ASAN)
   c. l'Association Souriante des Amis de la Crème Glacée (ASACG)

2. Comment Daphné a-t-elle nommé sa voiture?
   a. Molaire
   b. Sourire
   c. Carie

3. De quelle manière Daphné se débarrasse-t-elle du chien de Samuel?
   a. Elle lui lance un biscuit pour chien
   b. Elle lui lance un bâton
   c. Elle lui ordonne de s'en aller

4. Quel est le nom du dentiste farfelu que Daphné doit réveiller en pleine nuit?
   a. Momo Laire
   b. Anna Lyse
   c. Oscar Rier

5. La fausse dent de Samuel était en vérité une dent...
   a. de chien
   b. de requin
   c. d'hippopotame

T'es-tu bien amusé avec les quiz *La langue fourchue* et *M'as-tu bien lu?*

Eh bien! Daphné a conçu d'autres questions et jeux pour toi. Elle t'invite à venir visiter le www.boomerangjeunesse.com. Clique sur la section Catalogue, ensuite sur M'as-tu lu?

Amuse-toi bien!

Solutionnaire

La langue fourchue

Question 1. La réponse est: a.
Question 2. La réponse est: c.
Question 3. La réponse est: b.
Question 4. La réponse est: c.

M'as-tu bien lu?

Question 1: b.
Question 2: b.
Question 3: a.
Question 4: c.
Question 5: a.

Titres de la Collection

M'as-tu lu?

Mon frère est un vampire
ISBN 2-89595-118-7

Alice est une sorcière
ISBN 2-89595-104-7

Le réveilleur de princesse
ISBN 2-89595-155-1

L'étrange disparition de Mona Chihuahua
ISBN 2-89595-156-X

Marmiton, marmitaine!
ISBN 2-89595-165-9

Un trésor dans mon château
ISBN 2-89595-166-7

MISSION: Fée des dents
ISBN 2-89595-179-9

SAUVE TA PEAU, JAKO CROCO!
ISBN 2-89595-180-2